L'ANTIQUAIRE,

COMÉDIE-VAUDEVILLE EN UN ACTE,

par M. Arthur DANDALLE.

PITHIVIERS,

Imprimerie de **CHENU**, rue de la Ribellerie.

1853.

L'Antiquaire.

COMÉDIE-VAUDEVILLE EN UN ACTE.

Personnages.

M. FOUILLARDIN, antiquaire amateur.
Mme FOUILLARDIN, son épouse.
M. CHARLES, leur fils.
Mlle ÉMILIE, leur nièce.
M. SAVANTINUS-ALIBORON, faux savant, ami de la maison.
CATHERINE, servante.
MATHURIN, jardinier.
Un Secrétaire de Mme de VIEUX-FER, amateur d'antiquités.

La scène se passe en province, dans un cabinet d'antiquités.

Le théâtre représente un cabinet d'antiquités rempli d'armures, de casques, etc.... ; une porte au fond, une autre à droite. Au lever du rideau, Catherine dépose sur une table placée à gauche un bouclier, une cuirasse, un casque, une trompette, une cotte de mailles, etc., etc...

Scène première.

CATHERINE seule. *Elle entre en marchant avec peine, et dépose sa charge sur la table.*

Ouf! la maudite ferraille! ma fine! il fallait que j'venions au service de m'sieu Fouillardin, mon digne maître, pour voir tous ces affutiaux auxquels je n'comprenons goutte, à moins

qu'ça soit les habits d'noce de quelque forgeron d'l'ancien
temps. Quoiqu'en dise m'sieu Savantinus, on avait d'drôles
d'habits jadis, et ces héros-là d'vaient avoir l'air d'une batte-
rie de cuisine en promenade. Si encore m'sieu Fouillardin ne
nous forçait pas à partager ses manies ! Mais, quelqu'un vient;
elle court regarder à la porte du fond, c'est Mathurin, l'jardinier,..... quel air mystérieux !

Scène deuxième.

CATHERINE, MATHURIN, *qui porte dans la main un
petit coffre.*

MATHURIN, *d'un air mystérieux.*

Dis-donc, Catherine, Madame, en partant c'matin pour sa
ferme, m'a donné ce coffret, en m'disant comme ça: Mathurin, mon garçon, vas cacher ça dans l'jardin, dans la terre.;
surtout prends bien garde d'être vu ! M'est avis qu'c'est encore des vieilleries comme m'sieu Fouillardin en ach'tont
tant !

CATHERINE.

Ah ça, est-ce que la manie des antiquailles gagnerait aussi
Madame ? Morguienne ! la belle ouvrage !

MATHURIN.

Qu'veux-tu ? c't'amour des anciens c'est une peste ! tiens-toi
 bén, dà t'n'vas pas t'laisser enjôler par l'souvenir de queuque
grand homme ! jarni ! j'perdrions la partie, ben sûr, si tu
t'emmouchais d'un héros !

CATHERINE.

Vas-tu aussi avoir tes folies, toi ? c'est à y perdre la tête !
depuis qu'notre maître veut imiter les anciens tout est boule-
versé dans la maison. *Elle chante:*

> On n'voit que ferraille,
> Outils de bataille,
> Sabres, pistolets,
> Poignards et tranchets;
> Tout, mêm' la cuisine
> A changé de mine :
> Y faut s'gâter l'goût
> D'un drôl' de ragoût.

MATHURIN.

Ah! ça, c'est ben vrai. Jusqu'à mon joli nom d'baptême qu'est sens dessus dessous, et qui va sur un nom grac dont je n'pouvons jamais nous r'souvenir... *il cherche*, ros.... ros.... ros.... Ah! au diable l'antiquité ! *Il chante :*

> J'suis débaptisé !
> Pour moi quelle aubaine !
> Me v'là gracisé,
> Qu'dira ma marraine ?
> C'nom d'rhinocéros,
> M'brouille la cervelle ;
> Il finit en ros,
> V'là c'que j'me rappelle.

CATHERINE.

Jurons à l'anquité une guerre éternelle !

MATHURIN.

Tope là! chut ! *Il court regarder à la porte du fond.* V'là m'sieu Charles et mam'zelle Emilie qui venont par ici : leur conversation paraît ben animée. Qu'est-ce qui peut les échauffer comme ça ?..... C'est leur affaire, moi, j'courons cacher l'paquet. *Il sort.*

Scène troisième.

CATHERINE, *qui fait semblant de nettoyer.*
CHARLES et EMILIE.

EMILIE.

Que m'apprenez-vous là ?

CHARLES.

L'exacte vérité, ma cousine. Mon père a résolu de donner votre main au noble sire Savantinus-Aliboron. Ce matin j'ai surpris mon père et son docte Achate causant fort intimement ; j'ai voulu savoir le sujet de leur conversation et j'ai tout entendu.

EMILIE.

Que disaient-ils ?

CHARLES.

M. Savantinus vous demandait en mariage, et mon père lui a fait une réponse qui équivaut à une acceptation.

EMILIE, *avec feu.*

Oh ! c'est impossible, mon oncle ne voudra pas faire le malheur de toute ma vie, et quand je lui aurai dit...

CHARLES, *l'interrompant.*

Mon père, soyez-en sûre, ma cousine, ne voudra pas entendre raison ; il ne voit que par les yeux de Savantinus et ne parle que comme lui. Le prétendu savant, cet érudit de contrebande, s'est emparé de son esprit en flattant sa manie pour l'antiquité. Mon père est fasciné par cet aventurier qui, sans aucun doute, arrivera à son but.

EMILIE.

Mais enfin, ce Savantinus a donc une science véritable, pour en imposer ainsi ?

CHARLES.

Non, ma cousine, la ruse et la fourberie composent tout son bagage scientifique ; il aveugle, en éclaboussant de citations apprises d'avance, mon pauvre père qui est loin d'être lettré. Il se pose en connaisseur des anciens, qu'il connaît moins que moi ; enfin cet homme est un misérable qui veut spéculer à son profit sur la bonhomie de mon père, mais je le forcerai à renoncer à ses projets.

EMILIE.

Que ferez-vous donc, mon cousin ?

CHARLES, *avec chaleur.*

J'irai le provoquer les armes à la main, je le contraindrai à me rendre raison de son infâme conduite.

CATHERINE, *à part.*

J' voudrions ben voir çà tout d' même.

EMILIE.

Monsieur mon cousin, le Sire Savantinus n'aura du courage qu'à la manière des anciens, il se bardera de fer, ou plutôt il ne se battra pas. Un savant ne connaît d'autre arme que sa plume d'oie.

CHARLES, *avec colère.*

Je le souffletterai.

EMILIE.

Un sage est au-dessus des détails matériels.

CATHERINE, *à part, en s'en allant.*

Ça n' s'rait-y pas pain bénit que d' corriger un peu celte laide créature du bon Dieu ?

CHARLES.

Je le chasserai, je démasquerai ce Tartuffe emmailloté dans son pédantisme.

EMILIE.

Mon oncle ne le souffrira pas.

CHARLES.

Ma cousine, le succès dépend de vous : Si j'ai pu toucher votre cœur par l'amour sincère que je vous ai voué, si vous pouvez souhaiter qu'un doux lien nous unisse, vous resterez inébranlable devant la volonté de mon père, vous repousserez avec mépris les offres de Savantinus, et cela fait, je me charge de le mettre dehors.

EMILIE.

Le ridicule seul, mon cousin, tuera mons Savantinus Aliborou ; ne le provoquez pas, cela perdrait tout ; sa lâcheté, sous le voile de la résignation, l'emporterait. Quant à moi, vous saurez si je vous aime, car je ne reculerai devant aucun moyen pour nuire à votre rival.

CHARLES, *lui embrassant la main avec effusion.*

Oh ! merci, ma cousine, merci, vous me rendez bien heureux !

EMILIE.

J'aime mieux un cœur vrai qu'une fausse science. *Elle chante.*

> Tous ces savants sont pétris d'égoïsme,
> Et leur science est de ne rien savoir :
> Mérite en eux n'est que du cagotisme,
> C'est de bien loin qu'il faut toujours les voir.
> Ah ! croyez-moi, j'aime mieux rester fille,
> Que d'être aux mains d'un savant hébété,
> De chaque ancien choyant chaque guenille,
> Il sentirait par trop l'antiquité.
> Un tel époux sent trop l'antiquité.

CHARLES, *souriant.*

Ce serait pourtant bien glorieux de s'appeler Madame Savantinus Aliboron !

ÉMILIE.

Le bonheur vous rend méchant... j'entends du bruit !
Elle court à la porte du fond, et regarde dans la coulisse.
C'est mon oncle! Ne perdons pas de temps, sortons, et allons réfléchir au rôle que nous devons jouer pour perdre Savantinus et gouverner mon oncle à notre tour. *Ils sortent par la porte de droite.*

Scène quatrième.

FOUILLARDIN, *appelant dans la coulisse.*

Catherine ! Catherine ! *Il entre seul et regarde.*

Personne! j'ai une apoplexie d'impatience ! Ah ! la malheureuse, qu'aura-t-elle fait des précieux objets que j'ai confiés tout-à-l'heure à ses profanes mains. *Il promène de nouveau ses regards autour de lui et aperçoit les objets sur la table.* Ah ! vue charmante ! Les voilà, ces chers bijoux, ces augustes dépouilles d'un vaillant guerrier ! Ils exhalent encore un parfum de gloire antique qui flatte agréablement mon odorat. Mais, voyons, rien ne manque-t-il à l'appel ? Je dois avoir la liste sur moi. *Il sort un papier de sa poche et lit.* Un casque ? — Présent. — Une cuirasse ? — C'est cela. — Un bouclier ? — Fort bien ! — Une cotte de mailles ? — Parfait ! — Ah ! puis vient le plus beau de tout cela, le bouquet, le clou de Débora ! *Il montre un clou énorme.* M. Savantinus m'a assuré, d'après la remarque qu'il a faite d'une certaine déviation de la pointe, que ce fut là l'argument dont se servit la prophétesse pour calmer les instincts destructeurs de Jabin, roi de Chanaan. Qu'il est heureux ce M. Savantinus de connaître ainsi l'antiquité ! Les anciens lui sont aussi familiers que s'il avait vécu de leur temps, il en sait autant qu'eux sur leur propre compte, quelquefois même davantage. C'est une véritable encyclopédie vivante : Armures, médailles, il connaît l'époque de tout. Ce savant est un trésor pour moi, et grâce à sa collaboration, mon musée se peuple de jour en jour de nouvelles raretés. *Il se promène avec satisfaction au-*

tour de son cabinet. Oui, je ne désespère pas d'y voir Rome, la Grèce et le Moyen-Age s'y donner rendez-vous, sans compter l'Egypte. Quel riche coup d'œil ce sera ! *Il chante.*

> Dieu ! que c'est une noble chose
> Que toute cette antiquité !
> Rien que de beau, de grandiose,
> Tout est empreint de majesté !
> Ah ! vraiment l'on se poétise,
> Dans cette contemplation:
> L'antiquité , quoiqu'on en dise,
> Est une belle invéntion.

Examinons maintenant ces étonnantes raretés. *Il prend une lunette et examine les objets.*

Scène cinquième.

LE PRÉCÉDENT, Mme FOUILLARDIN.

Mme FOUILLARDIN, *à son mari qui ne se dérange pas.*
Je vous cherchais.

FOUILLARDIN, *toujours examinant.*

Vous me voyez en train d'admirer l'accoutrement guerrier du célèbre chef des Huns, du grand Attila ! Quelle simplicité dans sa mise ! Dire qu'on a fait de ce héros un monstre de laideur ! C'est une jalousie d'historiens. M. Savantinus m'a assuré qu'Attila ressemblait à Alcibiade, le plus beau des Grecs. Quel malheur que le daguerréotype n'ait pas été inventé de ce temps là !

Mme FOUILLARDIN.

Trève de balivernes, monsieur mon mari, et écoutez-moi : Je reviens de notre ferme où j'ai trouvé nos gens occupés de constructions dont vous ne m'aviez pas parlé.

FOUILLARDIN, *se levant avec joie.*

Bravo ! les merveilles du monde avancent-elles ?

Mme FOUILLARDIN.

Les merveilles du monde ! que voulez-vous dire ?

FOUILLARDIN.

Que vous êtes simple, madame ma femme, vous ne devinez jamais rien. Sachez que M. Savantinus m'a donné les des-

sins des merveilles du monde et que je les fais construire en
miniature. Les pyramides, le Capitole, le temple d'Ephèse,
le labyrinthe... je veux même faire élever une obélisque : au
lieu d'être d'une seule pierre, il sera en briques. Qu'importe
la matière pourvu qu'il ait la forme voulue? Vous figurez-
vous le beau panorama? Dire que l'on pourra être à Rome,
en Egypte, en Grèce, il y a bien des siècles, sans sortir de
chez soi !

Mᵐᵉ FOUILLARDIN, *ironiquement.*

Toutes ces constructions pourront servir à faire de belles
granges.

FOUILLARDIN, *avec feu.*

Ouais ! indigne épouse, que dites-vous là? Sachez que si
je fais construire ces monuments, c'est afin de pouvoir, en
gravissant les pyramides, me croire Egyptien, en parcou-
rant les sinuosités du labyrinthe, me croire.....

Mᵐᵉ FOUILLARDIN, *continuant la phrase.*

Le minotaure ?

FOUILLARDIN, *s'emportant.*

Ceci est une mauvaise plaisanterie, madame mon épouse !
Ignorez-vous que ce monstre était homme et bête ?

Mᵐᵉ FOUILLARDIN, *à part.*

Quelle ressemblance !

FOUILLARDIN.

Qu'il portait sur le front des cornes longues de cela. *Il al-
longe ses deux bras au-dessus de sa tête.*

Mᵐᵉ FOUILLARDIN.

Ceci n'a rien de commun avec vous, vous avez perdu la
tête.

FOUILLARDIN, *furieux.*

Armide ! vous sortez des bornes.

Mᵐᵉ FOUILLARDIN.

Je vous rends justice, monsieur ; mais, reprenons notre
conversation : En élevant ces bâtiments vous n'avez pas d'autres intentions ?

FOUILLARDIN.

Pas d'autres, sinon de me naturaliser ancien ; ce sera à s'y méprendre.

Mme FOUILLARDIN.

Ainsi, en faisant ces énormes dépenses, elles ne doivent vous rapporter d'autre avantage que le singulier plaisir de vous faire indigène de tous les pays à raretés ?

FOUILLARDIN.

Sans doute, le bon sens ne paraît-il pas à vouloir imiter les anciens ?

Mme FOUILLARDIN.

Oui, dans leur bon sens.

FOUILLARDIN.

Ceux qui blâment mes idées ne sont que des impertinents, des ignorants.

Mme FOUILLARDIN.

C'est-à-dire que vous avez toujours le même amour pour l'antiquité, et que le temps ne peut apporter aucun remède à votre manie. Ah ! si vous saviez les bruits qui courent par la ville.

FOUILLARDIN, *d'un air digne.*

Je ne veux pas connaître ces bavardages, je les méprise !... mais... enfin que disent-ils ?

Mme FOUILLARDIN.

Vous voulez le savoir ? Ecoutez : *Elle chante.*

> N'a-t-il pas de honte, dit-on,
> Lui, fils d'un ancien marchand d'huiles,
> De se bourrer jusqu'au menton
> De connaissances inutiles !
> Il se croit rempli de savoir,
> Mais son savoir c'est sa richesse,
> Et les écus de son avoir
> Font sa science et sa noblesse.

FOUILLARDIN.

Eh ! eh ! c'est déjà un grand savoir que d'avoir su s'enrichir. Du reste, quoiqu'on en dise, j'ai toujours eu le goût des lettres ; et je me rappelle qu'étant chez mon père, tout en tenant ses registres, je courtisais l'histoire grecque et l'histoire romaine aux dépens de ses comptes ; et souvent préoccupé de mes lectures, songeant fort peu aux huiles, mais aux guerres d'Annibal et des Romains, je mettais, par distraction, sur la facture d'un profane acheteur : Vendu à M. Annibal ou à M. Scipion, dix livres d'huile épurée ! Mon esprit était dans les délices de Capoue !

Mme FOUILLARDIN.

Quel orgueil ! Pendant vingt ans votre bibliothèque n'a été composée que de vos livres de caisse.

FOUILLARDIN, *à part.*

J'enrage !

Mme FOUILLARDIN.

Vous avez beau manger votre bien au profit de prétendus savants, vous n'en serez pas moins un ignorant.

FOUILLARDIN, *à part.*

J'étouffe ! mon sang se fige !

Mme FOUILLARDIN.

Ah ! si votre digne père revenait dans ce monde et qu'il trouvât sa fortune en proie aux dilapidations de soi-disant antiquaires, il saurait mettre un terme à vos folies.

FOUILLARDIN.

Au diable, vous et vos sornettes ! Ne suis-je pas en définitif le maître de faire ce que je veux, et de prendre mon plaisir où bon me semble ?

Mme FOUILLARDIN.

Vous n'êtes pas le maître de nous ruiner et de nous réduire à la misère ! Prenez garde, si la douceur ne me retenait...

FOUILLARDIN, *avec bonté.*

Retenez-vous, vous allez vous emporter. *S'animant.* Se peut-il, qu'en voyant cette cuirasse, cette cotte de mailles du grand Attila, vous n'éprouviez pas un frémissement qui vous porte à examiner avec amour ces nobles dépouilles ! N'avez-vous pas envie, comme moi, de sonner de la trompette qui servit il y a plusieurs siècles à réveiller les courageux Visigoths et à les exciter au combat ! *Il sonne de la trompette.*

Mme FOUILLARDIN, *se bouchant les oreilles.*

Vous tombez dans la charge !

Fouillardin, *sans entendre.*   Il chante :

> Il me semble entendre les cris
> De ces guerriers dans la bataille ;
> Quel brouhaha, quel cliquetis !
> Le Visigoth partout ferraille.
> Je crois entendre le clairon
> Sonnant un grand air de victoire ;
> Je vois Attila, ce luron,
> Se drapant dans toute sa gloire.

Mme Fouillardin.

Votre état m'alarme.

Fouillardin.

Vous ne pouvez apprécier la beauté de tout cela ; allez voir si la cuisine est en état et si mon déjeûner est prêt.

Mme Fouillardin, *en colère.*

Ma cuisine ! vous l'avez bouleversée, avec votre manie de vous nourrir comme les Grecs.

Fouillardin.

Quel mets frugal que le brouet noir !

Mme Fouillardin.

Si tout cela ne cesse, j'en viendrai à quelque fâcheux éclat ! et si je n'étais la douceur même.... *A part.* Sortons, car en m'efforçant de me contenir je vais éclater de colère.   *Elle sort.*

Scène sixième.

FOUILLARDIN, *seul.*

Enfin, la voilà partie ! Quel esprit de contradiction ! Ce que femme veut, le diable le veut, ma parole. Oh ! que n'ai-je pour épouse une femme comme Mme de Vieux-Fer ? C'est, je crois, le nom de cette femme célèbre, admiratrice des anciens. Elle est ma voisine, sa maison de campagne est tout près d'ici. Puisse quelque occasion favorable me mettre en rapport avec cette savante ! Eh ! mais, j'y pense, on m'a apporté les habillements que j'avais commandés à un tailleur de Paris, un costume romain et un costume grec. *Il va ouvrir une armoire.* Il m'a pris un peu cher, mais, cela se comprend, on ne coupe pas aussi facilement de pareils habits qu'une redingote ou un pantalon. Ceci, *il montre le costume grec,* habillera parfaitement ma servante Catherine; quant à cette toge, ce sera l'équipage de mon jardinier. Si je m'habillais en Romain, je serais ridiculisé par de sottes gens qui ne prisent pas les habitudes anciennes; mais, je vais sonder l'opinion publique en déguisant mes domestiques. Quel honneur pour eux ! *Il appelle.* Holà! Catherine ! Catherine !

Scène septième.

FOUILLARDIN, CATHERINE.

CATHERINE, *accourant.*

Me v'là, m'sieu Fouillardin ; comme vous criez ! J'gageons qu'c'est encore qucuq' ferraille à frotter ? Vous feriez ben mieux, sauf vot' respect, de venir m'aider à nettoyer mes casseroles.

FOUILLARDIN.

Il s'agit bien de cela, vraiment. Prends le bouclier et le casque d'Attila et serre-les avec soin dans l'armoire. *Catherine prend les objets et les frappe l'un contre l'autre.* Mais fais donc attention, malheureuse; on ne doit toucher de telles raretés qu'avec le plus grand égard, et non les brutaliser de la sorte. *Il prend le casque et le bouclier.* Laisse-moi faire, et apprends une autre fois à mieux respecter les dépouilles d'un héros. *Il les met dans l'armoire. A part :* Prenons-la par la douceur pour arriver à notre but. *Haut.* Sais-tu, Catherine, qu'il me faut t'aimer joliment pour ne point me fâcher lorsque tu me contraries de la sorte ?

CATHERINE.

Ma fine ! m'sieu, c'que j'en disons c'est par amitié pour vous; j'bisquons d'vous voir toute la sainte journée après ces mannequins d'tôle, au lieu d'vous occuper d'vot' femme, d'vot' nièce et d'vot' fils.

FOUILLARDIN.

Ce sont des ignorants, des esprits lourds et matériels, ils ne comprennent rien à l'antiquité, ils ne sont dignes que de ma pitié.

CATHERINE.

J'vous l'disons ben sincèrement, par toute l'affection qu'jons
pour vous, j'voudrions ben vous voir désantiquaillé.

FOUILLARDIN, *à part.*

Ménageons-là. *Haut.* Mais cette affection, Catherine, je te
la rends bien.

CATHERINE.

Est-ce à dire que vous n'en voulez pas ?

FOUILLARDIN.

Non, ma fille, je veux dire que j'y suis sensible.

CATHERINE.

Morguienne ! à la bonne heure.

FOUILLARDIN, *à part.*

Etre obligé de flatter ses esclaves ! *Haut.* Catherine, ton air
enjoué me plaît.

CATHERINE.

Voyez-vous ça, m'sieu veut rire.

FOUILLARDIN.

Mais pas du tout. Ta grâce et ta figure m'ont séduit et je
veux les mettre à profit pendant que nous sommes seuls. *Il
court regarder à la porte et revient d'un air satisfait.* Ma
bonne petite Catherine, ôte ton fichu.

CATHERINE, *effrayée.*

Jésus ! pourquoi faire ?

FOUILLARDIN.

Rien que de très-innocent. Heureuse enfant, tu ne te doutes
guère de ton bonheur ! Tu vois ce costume ? (*il lui montre le
costume grec*), c'est celui d'une athénienne, je veux bien t'en
revêtir, mais auparavant il faut quitter le tien.

CATHERINE.

Vous voulez que j'm'attifions de la sorte et qu' j'allions dehors harnachée d'ces morceaux d'étoffe ?

FOUILLARDIN.

Certainement, et ne devrais-tu pas être fière d'être appelée à porter la robe qui a peut-être abrité les divins appas d'Aspasie ? Allons, fais ce que je te dis et dépêchons.

CATHERINE.

Mais, m'sieu Fouillardin, si Madame savait.....

FOUILLARDIN.

Madame..... Madame n'a rien à faire dans tout ceci. Voyons laisse-toi faire. *Il lui ôte son fichu. En ce moment Mathurin entrebaille la porte.*

MATHURIN.

C'est-y pas ben Dieu possible ! not' maître qui déshabille Catherine ! J'allons en voir de belles. *Il referme la porte et regarde par la fente.*

CATHERINE, *repoussant Fouillardin.*

Ma foi, habillez-vous vous-même en athénienne, quant à moi j'suis vot' servante.

FOUILLARDIN.

Tu refuses ?

CATHERINE.

Je r'fusons tout drè.   *Elle chante :*

> Je n'voulons pas, saperlotte,
> Me voir affublée ainsi !
> J'voulons pas qu'on me fagotte,
> J'm'en vas et vous dis : Merci !
> J'ons d'l'usage et de la tête :
> Vos raisons, ça m'est égal ;
> On n'est pas encore si bête
> Pour se croire en carnaval.

FOUILLARDIN, *furieux.*

Eh ! bien, puisque, ingrate que tu es, tu me récompenses ainsi de l'honneur que je te faisais, apprends que je te chasse.

CATHERINE.

Si madame y consent.

FOUILLARDIN.

Tudieu ! la belle, vous avez le caquet bien affilé, apprenez

que je suis le seul maître. *Se radoucissant.* Mais non, Catherine, c'est impossible, tu acceptes, n'est-ce pas ? Allons, fai-
sons vite, pendant que nous sommes seuls encore. *Il se baisse pour prendre une partie du vêtement ; pendant ce temps Catherine lui jette l'autre sur la tête.*

CATHERINE, *se sauvant.*

Vous me chasseriez cent fois, que ça ne m'empêcherait pas de dire que vous êtes un fou.

Elle sort en riant.

FOUILLARDIN, *cherchant à se dépêcher.*

Ah ! la coquine... à moi !

Scène huitième.

FOUILLARDIN, MATHURIN.

MATHURIN.

Qu'y a-t-il, not' maître ?

FOUILLARDIN, *se débarrassant.*

A part. Ah ! la scélérate, je reconnais bien là l'esprit de sa maîtresse. Elles me feront mourir à la peine, mais je ne renonce pas à mon projet et c'est Rossinoros qui en profitera. Puisse-t-il me savoir gré de ce que fais pour lui ! *Haut.* Ap-
proche, mon garçon ; que je t'ajuste cette toge.

MATHURIN.

M'sieu est ben bon, j' n'ons point froid.

FOUILLARDIN.

Pas de rébellion, Rossinoros !

MATHURIN.

Quoi qu' çà veut donc dire Ros,... Ros... en grec ?

FOUILLARDIN.

Çà veut dire... Mathurin.

MATHURIN.

Si çà vous était égal, not' maître, de m' dire Mathurin en français j'aimerlons mieux çà.

2

FOUILLARDIN.

A une condition, c'est que tu vas te laisser habiller. *Il lui met la toge et le regarde avec admiration.* Que ce costume est beau ! Qu'il te va bien ! Quelle mollesse dans ses contours !... Grand Dieu, pourquoi ne m'as-tu pas fait contemporain des Grecs ou des Romains ! Quelle ampleur élégante ! Quelle grâce !... *Il chante.*

> Avance un peu. — Quelle noblesse !
> Redresse-toi. — Qu'il lui va bien !
> Ce costume est plein de richesse
> Et lui donne un fort beau maintien.
> Marche à grands pas. — Quelle élégance !
> Il a l'air d'un praticien !
> Si cet habit était le mien,
> J'aurais aussi cette prestance,
> Point n'ai la chance !
> Aussi je sens un doux émoi,
> Et je répète, malgré moi :
> Qu'il est bien, Mathurin !
> Je le dis, foi de Fouillardin.

MATHURIN.

Ainsi, m'sieu m' trouve ben comme ça ?

FOUILLARDIN.

Admirable ! mon garçon. Ah ! Catherine serait bien furieuse, si elle te voyait si brillant, et pourtant tout cela elle aurait pu l'avoir.

Scène neuvième.

Les précédents, CATHERINE.

CATHERINE, *elle aperçoit Mathurin.*

Riant. Ah ! ah ! ah ! la plaisante mascarade ! *à Mathurin.* Et toi qui m' disais d' prendre garde à la manie des antiquailles ? plus souvent que j' voudrions d' toi à présent et dans c' costume.

MATHURIN.

Catherine, c'est not' maître qui l'a voulu : n'est-ce pas m'sieu Fouillardin ?

CATHERINE.

C'est fâcheux que Catherine n'ait pas voulu endosser l'athénienne.

FOUILLARDIN.

Silence, malheureuse , c'est la jalousie qui te ronge.

CATHERINE, *riant aux éclats.*

Ah ! ah ! ah ! oh ! oui, m'sieu. Ah ! ah ! ah !

FOUILLARDIN.

Impertinente ! vous devriez rougir d'une semblable tenue en face d'un Romain.

CATHERINE.

L'admiration me suffoque. *Riant.* Ah ! ah ! ah ! *A part.* Allons avertir madame de cette comédie. *Elle sort en riant toujours.*

Scène dixième.

MATHURIN, FOUILLARDIN.

FOUILLARDIN.

Tu vois comme le dépit la ronge ?

MATHURIN, *à part.*

J'croyons pourtant qu'elle se gaussait d'moi.

FOUILLARDIN.

Tu vas faire aujourd'hui bien des jaloux. Je vais compléter ton costume, rien ne te manquera. *Il va à l'armoire et en rapporte un casque.* Mets-moi ce casque.

MATHURIN, *se reculant.*

C'est comme ça que l'charlatan qui vient dans l'village en a un.

FOUILLARDIN.

Imbécile ! laisse-toi coiffer. *Il lui met le casque sur la tête.* Comme cela lui change la physionomie ! il est ainsi dix fois moins laid.

MATHURIN, *saluant avec son casque.*

M'sieu est ben honnête.

FOUILLARDIN.

Quelle magnifique coiffure ! comme on a tout de suite un air Romulus.

MATHURIN.

Comment appelez-vous c't'air-là, s'il vous plaît ?

FOUILLARDIN, *sans répondre.*

Maintenant, va te promener dans le jardin, voire même dans la ville, je te le permets. Tiens, prends cette lance, et si quelque goujat insultait à ta dignité, frappe, enfant de Quirinus, et rapporte tes dépouilles opimes. *Il le fait sortir.*

Scène onzième.

FOUILLARDIN, *seul.*

Voilà une bonne journée ! M. Savantinus-Aliboron ne pourra que complimenter son élève. *Se ravisant.* Ah ! mon Dieu, j'y pense, j'ai oublié de faire chausser des cothurnes à Mathurin ! Quel oubli ! *Il court à la porte en appelant :* Mathurin ! Rossinoros ! *A ce moment* Mme *Fouillardin lui barre le passage.*

Scène douzième.

LE PRÉCÉDENT, Mme FOUILLARDIN.

Mme FOUILLARDIN.

Je viens d'apprendre encore du nouveau : non content de vous ridiculiser, mon cher mari, vous voulez encore tourner en dérision vos domestiques. Vous voulez donc être haché menu par tous les caquets de la ville ? Mes avertissements ne peuvent donc vous ouvrir les yeux ?

FOUILLARDIN.

Je mets sous mes pieds les ragots d'un ignorant bétail.

Mme FOUILLARDIN.

Mais si ce n'est pour vous, que ce soit au moins pour votre

nièce. Qui voudra épouser la parente d'un homme dont la tête est perdue dans les souvenirs des anciens ?

FOUILLARDIN.

Est-il besoin de vous répéter que je me soucie fort peu des on-dit? Quand au mari de ma nièce, il est tout trouvé, elle épousera M. Savantinus.   *Il chante :*

> Comprenez-vous bien, Madame,
> Qu'il sera doux pour mon âme
> De voir mes petits enfants
> Devenir de grands savants !
> Je verrai cette marmaille
> Sauter à chaque trouvaille,
> Braire sous le biberon
> Du savoir d'Aliboron.

Cet homme est la science infuse : son savoir le fait chérir, de plus il adore ma nièce.

Mme FOUILLARDIN.

C'est encore un autre fou.

FOUILLARDIN.

Comment, un autre ! *Se ravisant.* Du reste, je suis bien bon d'écouter les niaiseries de ma femme et de ma servante. Que désormais on ne se permette plus la moindre plaisanterie sur l'antiquité.

Mme FOUILLARDIN.

Le sujet prête pourtant bien à la caricature.

FOUILLARDIN.

A part. Moi, je vais rejoindre Mathurin pour lui faire conserver un maintien digne de l'habit qu'il porte. *Haut.* Madame ma femme, je vous cède la place et vais où la science m'appelle. *Il sort.*

Scène treizième.

Mme FOUILLARDIN, *seule.*

Pour obtenir son consentement au mariage de Charles avec

sa cousine, il ne faut pas trop les brusquer ; je me repose sur les ordres que j'ai donnés à Mathurin ; s'ils ont été exactement suivis, ils dévoileront d'une manière éclatante l'ignorance de Savantinus. Mme de Vieux-Fer est dans notre complot, il faudra que la manie de mon mari soit bien enracinée pour qu'il persiste dans son refus.

Scène quatorzième.

Mme FOUILLARDIN, EMILIE.

EMILIE, *courant embrasser sa tante.*

Catherine vient de m'apprendre, ma bonne tante, que vous travailliez de toutes vos forces à mon bonheur. Que je vous remercie ! Les médailles sont cachées, espérons un succès complet. Mais permettez-moi d'être aussi pour quelque chose dans votre entreprise : nous nous sommes déjà concertés, Charles et moi ; mon cousin en ce moment me fait un rôle que je vais jouer devant mon oncle et M. Savantinus-Aliboron ; je veux leur montrer tout le ridicule de leur manie, et nul doute, cette comédie portera un coup violent à la passion effrénée de mon oncle pour les anciens. Ai-je votre assentiment ?

Mme FOUILLARDIN.

J'adhère avec plaisir à ta résolution, ma chère enfant ; elle nous sera d'un grand secours, je crois. Mais, ne perds pas une minute, cours vite te préparer, j'irai te rejoindre, nous nous entendrons et je me charge du coup de théâtre.

EMILIE, *embrassant sa tante.*

Que vous êtes bonne ! Oh ! si je suis heureuse, c'est à vous que je le devrai. *Elle sort par la porte de droite.*

A ce moment Catherine entre et annonce M. Savantinus.

C'est bien, faites entrer. *A part.* Je me doute du motif de sa visite, mais je suis préparée à le bien recevoir. Comme on connaît les saints on les honore.

Scène quinzième.

Mme FOUILLARDIN, SAVANTINUS.

SAVANTINUS. *Il fait un profond salut.*

Je viens de rencontrer ce cher ami Fouillardin, il allait ,

m'a-t-il dit, planter l'olivier dont je lui ai fait cadeau. Je l'ai laissé tout à son travail et je suis accouru ici, madame, pour vous parler d'une affaire sérieuse. Vous pardonnerez à ma visite tout ce qu'elle peut avoir d'importun, mais le plaisir...

Mme FOUILLARDIN, *avec ironie.*

Oh ! monsieur, avec un homme aussi instruit que vous, le profit ne peut être que pour moi... Mais, asseyons-nous et causons de cette affaire sérieuse. *Ils s'asseient,* Parlez, Monsieur, je vous écoute,

SAVANTINUS.

Avec emphase. Je pourrais, madame, avant d'arriver au véritable sujet qui m'amène, prendre des circuits et me jeter dans des ambages à perte de vue, m'égarer dans un labyrinthe de périphrases, d'où, je ne doute pas du reste que votre esprit perspicace n'ait, pour vous tirer, la puissance du fil d'Ariane ; mais j'aime mieux agir franchement avec vous, madame, vous, dont la sagacité la raison, l'expérience et une cohorte d'autres qualités, atteignent une intensité telle, que mon ami Fouillardin pourrait dire de vous ce que Caligula disait de son aïeule Livie : Vous êtes un Ulysse en jupon.

Mme FOUILLARDIN.

A part. L'homme plat ! *Haut.* Tout cela est fort flatteur pour moi, mais ne m'explique en rien le but de votre démarche près de moi.

SAVANTINUS.

Comment, vous n'avez pas compris ?

Mme FOUILLARDIN.

Pas le moins du monde.

SAVANTINUS.

Je vous croyais un Œdipe, madame, et je ne me savais pas capable de proposer des énigmes plus difficiles à résoudre que celles du Sphinx ; je vais alors m'expliquer *expressivo* et *categorico :* Je suis venu, madame, pour m'entretenir avec vous de mon prochain bonheur ; mon ami Fouillardin a déjà dû vous faire part de mes prétentions au sujet....

Mᵐᵉ Fouillardin.

A part. Nous y voilà. *Haut.* Je prendrai, monsieur, encore moins de circonlocutions que vous : aussi je vous dis franchement que je m'étonne de vous voir songer encore à ce mariage, quand ma nièce vous a fait clairement connaître son indifférence.

Savantinus.

Un autre aurait reculé comme devant une barrière infranchissable, un autre aurait cessé de combattre et se fût retiré de la lice amoureuse : « A vaincre sans péril, on triomphe sans gloire ! » Voilà ma maxime. Partout où je rencontre le beau je m'en fais l'esclave.

Il chante.

Eh ! quoique savant je suis homme,
J'ai mes instincts de volupté,
D'Ève aussi j'aime fort la pomme,
Id est, j'adore la beauté.
Jadis on vit en Grèce, à Rome,
De nobles héros amoureux,
Si le ciel m'a fait tout comme eux,
Ne puis-je pas faire tout comme ?

Oui, j'ai au cœur une passion immense, mon âme s'illumine des feux de l'amour, cette girondole de l'imagination, comme dit un poète.

Mᵐᵉ Fouillardin.

De grâce, monsieur, épargnez-moi toutes ces banalités. Vous adorez ma nièce ? d'accord, mais pourquoi l'adorez-vous ? Parce qu'elle a, selon vous, le profil de Cléopâtre. *Savantinus fait un geste de dénégation.* Ne le niez pas, vous l'avez dit cent fois. Ma nièce a besoin d'un mari qui s'occupe de la rendre heureuse et non d'un savant vermoulu de science qui l'admire comme une statue. Selon moi, l'homme de science est le spécimen de la maussaderie.

Savantinus, *avec onction.*

On exila Aristide parce qu'on était fatigué de l'entendre appeler le juste !

Mme FOUILLARDIN.

Je déteste un homme plongé dans les vieilleries. J'aime les coutumes de mon siècle ; à chaque temps ses mœurs. On loue le passé, parce qu'on l'examine toujours avec la loupe de l'exagération, avec passion, en un mot. Les esprits rétrogrades ne peuvent rien faire de bon.

SAVANTINUS.

J'aime mieux être un docte courtisan du passé, *laudator temporis acti*, qu'un esprit ignorant sur les actualités.

Mme FOUILLARDIN.

Mais au moins, monsieur, n'entraînez pas dans votre manie d'antiquailles des gens paisibles qui n'en ont que faire, et n'enseignez pas une prétendue science à qui ne vous la demandait pas.

SAVANTINUS, *avec vexation*.

Madame, un philosophe a dit : « C'est n'être bon à rien de n'être bon qu'à soi. » Voilà pourquoi je fais à l'antiquité le plus de prosélytes qu'il est en mon pouvoir. Du reste, je vois, d'après l'opinion que vous formulez sur moi et mes confrères les savants, qu'il est inutile de chercher à vous convertir. Votre mari, madame, qui est le maître, saura me donner un consentement que la politesse seule me forçait à vous demander. *Audaces fortuna juvat !* Le courage est l'ami de l'homme.

Il sort.

Scène seizième.

Mme FOUILLARDIN, *seule*.

L'insolent ! comme il a jeté son masque d'hypocrisie. Ce mariage est un plan bien combiné et bien arrêté chez lui... Qu'importe, courons chez ma nièce et hâtons l'exécution de notre complot, il n'y a pas un moment à perdre. Justement j'entends la voix de mon mari.

Elle sort par la porte de droite.

Scène dix-septième.

FOUILLARDIN, SAVANTINUS.

Fouillardin.

Oui, mon cher ami, c'est comme je vous le dis, je n'en pouvais croire mes yeux. Admirable découverte ! *Il montre le petit coffret que nous avons déjà vu dans les mains de Mathurin.* Figurez-vous que je continuais le trou où je voulais planter l'olivier que vous m'avez donné, quand soudain je sens... un corps dur ; par un heureux présage mon cœur tressaillit ! j'enfonce la bêche.... je soulève... ô surprise... je retire ce coffret, il n'était pas fermé, je regarde et je vois... tenez, jugez par vous-même.

Savantinus, *prenant le coffret et l'ouvrant.*

Des Médailles !

Fouillardin.

Vous l'avez dit ! Incrustez sur ces raretés l'œil de votre science, appliquez-y la réflexion de vos connaissances, et dites-moi la valeur de ces médailles.

Savantinus, *examinant.*

Ces médailles datent de l'époque de l'empereur Caracalla.

Fouillardin.

Cela doit être bien ancien ! j'ai un éblouissement de joie.

Savantinus, *toujours examinant.*

Oui, c'est bien cela, caractères, type, légende, tout y est. L'exergue porte bien la date. C'est on ne peut pas plus cela.

Fouillardin.

Ainsi ces médailles ont une valeur ?

Savantinus.

Une valeur immense ! cette découverte vous assure un nom parmi les savants, et vous atteindrez le zénith de la gloire, j'en jure par ma science.

FOUILLARDIN, *avec joie.*

Je vous crois, je vous crois, ô homme fécondé par le savoir !

Il chante. Quoi ! parmi les noms de science,
On verra figurer mon nom ?
Ah ! quelle noble récompense.
J'aurai donc enfin du renom !

SAVANTINUS.

Monté sur le pavois de gloire,
Quand votre vie aura sa fin ,
Longtemps survivra la mémoire
De l'antiquaire Fouillardin !

FOUILLARDIN , *transporté.*

Je n'y tiens plus ! au nom de l'antiquité souffrez que je
vous embrasse. *Il embrasse Savantinus.*

SAVANTINUS, *d'un ton solennel.*

La science de l'antiquité est une si belle chose ! On peut ,
sans crainte d'être arrêté par l'ignorance, faire des étapes
dans les siècles passés, poser les jalons de son savoir là où il
vous plaît, et donner des poignées de main fraternelles aux
grands hommes d'autrefois ! Que c'est beau le latin, le grec !
Quant à ce dernier j'en ai toujours sur moi. *Il fouille dans sa
poche et en tire un livre sur lequel il frappe avec complaisance*

FOUILLARDIN.

Le grec et le latin ont toujours été de l'hébreu pour moi.
Mais quel est ce livre ?

SAVANTINUS.

C'est une grammaire grecque.

FOUILLARDIN.

Ah ! c'est une grammaire grecque ! Le grec a-t-il un alphabet ?

SAVANTINUS.

Certainement.

FOUILLARDIN,

Combien a-t-il de lettres?

SAVANTINUS,

Vingt-quatre.

FOUILLARDIN.

Montrez-les moi donc. C'est cela? Nommez-les moi, s'il vous plaît.

SAVANTINUS.

Cette première lettre s'appelle alpha.

FOUILLARDIN.

A... a... al... alpha! Et celle-ci?

SAVANTINUS.

Cette seconde lettre se nomme bêta.

FOUILLARDIN,

Appuyant. Alpha! bêta! Tiens, mais cet alphabet est tout-à-fait guilleret. Ainsi, en apprenant ces vingt-quatre lettres, je saurais le grec?

SAVANTINUS,

Sans doute.

FOUILLARDIN.

Ne pourrait-on pas l'apprendre avec quinze lettres?

SAVANTINUS.

Non, il faut apprendre les vingt-quatre.

FOUILLARDIN.

Voyons, j'irai jusqu'à vingt.

SAVANTINUS.

Impossible, il faut aller jusqu'à l'oméga.

FOUILLARDIN.

Qu'appelez-vous oméga?

SAVANTINUS, *lui montrant sur le livre.*

Cette dernière lettre.

FOUILLARDIN.

Définitivement, cet alphabet est tout-à-fait drôle, il est même inconvenant dans ce dernier signe. *Il imite de la main la forme de l'oméga :* ωAllons, j'apprendrai les vingt-quatre lettres, et je serai, j'espère, votre digne confrère !

SAVANTINUS.

Mon si digne confrère, que pour vous prouver combien est grande l'estime où je vous tiens, je vous réitère encore la demande que je vous ai faite de la main de votre nièce.

FOUILLARDIN.

J'en jure par l'authenticité de ces médailles. *Il étend la main sur le coffret.* Elle sera à vous ! *Se ravisant.* Mais à propos, si je faisais ordonner des fouilles à l'endroit où j'ai trouvé ces raretés, peut-être.......

SAVANTINUS.

Je vous le conseille fort.

FOUILLARDIN, *appelant.*

Holà ! quelqu'un !

Scène dix-huitième.

LES PRÉCÉDENTS, MATHURIN.

MATHURIN, *entrant, toujours en costume de Romain.*

M'sieu appelle ? j'ons fini d'nous promener.

FOUILLARDIN.

Il ne s'agit plus de cela ; dépose ici ton casque et ta toge, et cours de suite avertir les ouvriers de ma ferme de venir aussitôt commencer une profonde tranchée le long du mur du jardin, sur le même rang que la maison.

MATHURIN.

Mais M'sieu sait ben que la treille est le long d'ce mur.

FOUILLARDIN.

On l'arrachera !

MATHURIN.

Je n'boirons donc plus d'vin ?

SAVANTINUS.

Silence, ilote !

FOUILLARDIN.

Puis, ils continueront leur travail en retour près de la maison.

MATHURIN.

Mais m'sieu sait ben qu'la pompe se trouve là ?

FOUILLARDIN.

On la démolira !

MATHURIN.

Plus d'vin ! plus d'eau ! queu massacre !

FOUILLARDIN, *réfléchissant*.

Dire que je marche où ont peut-être marché bien des héros romains! Croyez-vous, M. Savantinus, que nous trouverons des restes de monuments romains ?

SAVANTINUS.

Ne trouve-t-on pas tous les jours en France des restes de monuments druidiques ?

FOUILLARDIN.

C'est vrai. *Il s'adresse à Mathurin qui reste debout la lance à la main, sans se déshabiller.* Eh bien, vas-tu maintenant coucher dans ce costume? Comment tu n'es pas encore parti faire exécuter mes ordres !

MATHURIN.

J' n'aurons donc plus ni eau ni vin, not' maître ?

Scène dix-neuvième.

LES PRÉCÉDENTS, Mme FOUILLARDIN.

Mme FOUILLARDIN, *éplorée.*

Ah ! mon Dieu, il me fallait ce dernier malheur ! quelle horrible catastrophe !

FOUILLARDIN.

Qu'y a-t-il, ma chère amie, qu'y a-t-il ?

Mme FOUILLARDIN.

Il y a, malheureux, que votre nièce est possédée du démon de l'antiquité ! Elle s'agite, elle court comme une folle en cé-lébrant les anciens.

FOUILLARDIN.

Serait-il vrai ! *A part à Savantinus.* L'antiquité aurait-elle un fluide magnétique ?

SAVANTINUS.

Un fluide magnético-scientifique.

Mme FOUILLARDIN, *allant à la porte du fond.*

Vous allez vous-même juger de son état. (*Emilie s'avance de ce côté en gesticulant comme une bacchante; son cousin et Catherine veulent en vain la retenir.*)

Scène vingtième.

LES PRÉCÉDENTS, CHARLES, CATHERINE,
ÉMILIE.

(*Emilie est en Romaine; elle marche la tête baissée, les bras croisés sur sa poitrine; elle marche à grands pas. Elle s'arrête tout-à-coup, relève la tête et dit d'une voix forte et solennelle*) :

EMILIE.

Ciel et terre, prêtez l'oreille ! comme la sibylle de Cumes assise sur son trépied antique, je vais faire entendre des pa-

roles que les vils mortels doivent écouter dans le recueille-
ment...... Le voile du passé est tombé pour moi....... je vois
dans les siècles passés,...... je parcours les générations étein-
tes...... O filles de Laconie, laissez-moi errer avec vous sur les
bords classiques de la Grèce..... dans les vallées de l'Hémus;
sur le rivage de la mer retentissante !.....

FOUILLARDIN.

Que c'est beau !

SAVANTINUS.

Ecoutez, c'est une extase de seconde vue.

EMILIE. *Elle marche à grands pas.*

Je suis dans la ville de Romulus...... voilà le Capitole ! je
vois Paul-Emile qui y monte en triomphe !..... Voilà le Tibre
aux ondes jaunes !.... O Horatius Coclès que tu nages bien !....
O Jupin, que vois-je ? Quels sont ces guerriers couchés dans
la poussière ?...... Funestes batailles du Tésin, de la Trébie,
de Trasimène et de Cannes, vous aurez un vengeur, Scipion
aiguise déjà et sa lance et son courage !..... Oh ! que tous ces
héros qui passent devant mes yeux sont beaux !.... Alexandre,
César, Thémistocle aux belles cnémides......, et cætera et
cætera.....

FOUILLARDIN.

Je crois qu'elle a parlé latin.

EMILIE.

Arrêtez ! je suis une vaillante amazone, je veux aller combattre dans vos rangs ! *Elle saisit la lance de Mathurin et
chante d'un air guerrier :*

> J'aime le sang et le carnage,
> Car mon courage est furibond ;
> Je veux égorger avec rage,
> Le sang ennemi sent si bon !
> (*Elle s'adresse à Fouillardin :*)
> Esclave, donne-moi mon glaive.
> Obéis, sinon dans ton flanc
> J'enfonce mon fer, et t'achève,
> En m'abreuvant de tout ton sang !

FOUILLARDIN, *se cachant derrière Savantinus.*

C'est une folie furieuse !

EMILIE, *parlant à Savantinus.*

Tiens, c'est toi ? Tu es donc fatigué d'être assis sur les ruines de Carthage, Marius, mon bonhomme ?

MATHURIN.

Marius ? Elle veut sans doute parler du général hollandais.

EMILIE, *fixant les yeux sur Mathurin.*

Que vois-je ? la Grèce a-t-elle enfanté un nouveau minotaure ? Ah ! monstre, tu périras de ma main ! (*Elle se précipite sur Mathurin, la lance en arrêt; Mme Fouillardin et Catherine l'arrêtent.*)

MATHURIN, *il se cache derrière Fouillardin et Savantinus.*

Mais non, mam'zelle Emilie, je n'sommes pas m'sieu l'minotaure, reconnaissez-moi, j'sommes Mathurin.... n'me tuez pas ; vot' victoire serait aisée, car je n'pourrions m'défendre contre vous.

SAVANTINUS, *à Fouillardin.*

Je veux être le plus ignorant des hommes, si ce n'est pas là un *delirium* produit sous l'influence de l'amour de l'antiquité.

FOUILLARDIN.

Il est, ma foi, fort dangereux.

EMILIE, *reprenant son air ordinaire.*

Allons, Messieurs, applaudissez donc cette petite comédie ! N'ai-je pas été assez ridicule ?

FOUILLARDIN.

Que dit-elle ?

EMILIE.

Comment, mon oncle, vous avez pu croire que je jouais un vrai personnage ? M. Savantinus était pourtant là pour vous éclairer.

FOUILLARDIN.

C'est donc une mystification ! Vous m'avez donc trompé aussi, vous, M. Savantinus, en me disant..... vous vous êtes donc joué de mes illusions ?

Mme FOUILLARDIN.

Attendez la fin, Monsieur mon mari.

SAVANTINUS.

Errare humunum est ! L'erreur est l'amie de l'homme.

FOUILLARDIN.

Elle ne doit pas être la vôtre, M. Savantinus, vous, un savant !

Scène vingt-unième.

LES PRÉCÉDENTS, LE SECRÉTAIRE DE Mme DE VIEUX-FER.

LE SECRÉTAIRE, *à M. Fouillardin.*

Voici une lettre que ma maîtresse m'a chargé de vous remettre, Monsieur.

FOUILLARDIN.

Comment, cette femme savante daigne m'honorer de sa correspondance ! Lisons. *Il ouvre la lettre et lit.*

EMILIE, *bas à sa tante.*

Le succès est à nous.

SAVANTINUS, *à part.*

J'ai fait une balourdise, mais bah ! cette lettre va tout racheter, ce niais de Fouillardin.....

FOUILLARDIN, *avec douleur.*

Qu'est-ce que j'apprends ! grand Dieu !

SAVANTINUS.

Qu'avez-vous, cher confrère ?

FOUILLARDIN.

Ecoutez, Monsieur, et défendez-vous. *Il lit tout haut la lettre.*

« Monsieur,

» Je veux démasquer l'ignorance de ce Savantinus-Alibo-
» ron qui se dit votre ami et que vous croyez un savant : c'est
» un faux antiquaire, il ne connaît rien aux anciens ; c'est
» un intrigant qui voulait épouser votre fille pour sa dot.
Fouillardin interrompant sa lecture. J'ai des ophicléides dans
les oreilles. *A Savantinus qui reste calme.* Mais, Monsieur,
défendez-vous donc ! En garde, Monsieur !

SAVANTINUS, *avec aplomb.*

L'insulte n'atteint pas le sage.

FOUILLARDIN, *continuant la lettre.*

» Pour vous apprendre toute son ignorance, sachez que les
» médailles qu'il prétend être du temps de Caracalla (il vous
» l'a dit, on l'a entendu), sont des médailles que m'a frappées
» mon graveur : mon secrétaire vous en remettra le moule.

LE SECRÉTAIRE.

Le voici.

FOUILLARDIN, *examinant le moule.*

Plus de doute, c'est bien cela. O mon Dieu ! n'ai-je vécu
jusqu'ici que pour éprouver une telle déception !

Mme FOUILLARDIN.

Continuez, mon cher mari, vous voyez bien que M. Savantinus est moins ému que vous. Pourtant ce ne sont là ni des
insultes, ni de la calomnie ; ce sont des faits.

SAVANTINUS, *à part.*

Vous m'avez dépisté, renard en jupon.

FOUILLARDIN, *lisant.*

» Que ce soit pour vous, Monsieur, une leçon pour l'ave-

» nir, et ne recevez plus de ces aventuriers, savants en appa-
» rence, et qui n'ont en réalité qu'un brevet d'ignorance.

» Je vous salue,

» Veuve de VIEUX-FER. »

Fouillardin, avec feu. Oh! oui, ce sera pour moi une
grande et terrible leçon dont je veux profiter promptement.
Je vois clair à présent et je vais agir en conséquence: Mathurin, va dire aux ouvriers d'arrêter leurs travaux, amène ici le
premier chaudronnier venu, pour qu'il me débarrasse de toutes
ces ferrailles. Il est temps de faire justice du ridicule.

Mᵐᵉ FOUILLARDIN.

Bravo! mon mari.

EMILIE,

Bravo! mon oncle.

SAVANTINUS.

Qu'allez-vous faire, cher ami? Renoncez-vous à la gloire qui
vous attend? *Il veut embrasser Fouillardin.* Reviens à l'antiquité, cher Fouillardin, à cette bonne mère qui te fait sucer
le lait du savoir, à cette bonne mère qui veut ouvrir à toi, son
plus beau nourrisson, sa plus belle espérance, « *spes altera
gentis,* » les portes de l'immortalité! Viens, enfant prodigue,
qu'un esprit trop crédule a un instant égaré, viens dans mes
bras, recevoir l'accolade du pardon. *Il veut l'embrasser.*

FOUILLARDIN, *le repoussant avec colère.*

Retire-toi loin de moi, tentateur, tu ne saurais maintenant
m'en imposer. Ton masque est tombé; le manteau de science
dans lequel tu t'enveloppais pour cacher ton ignorance est ar-
raché, et je vois à découvert ton astuce et ton orgueil. Ton savoir, les connaissances, n'étaient qu'une mascarade morale où
tu jouais le rôle de l'âne habillé de la peau du lion..... Va,
homme hypocrite, tu ne m'as pas trompé en vain; je te chasse,
fripier d'esprit, sors immédiatement de chez moi et cours faire
des dupes chez les anciens si tu veux, moi je te mets à la
porte.

SAVANTINUS, *furieux.*

Homme ingrat, et vous, gens aveuglés, recevez la malédiction d'un proto-savant. Puisse le chaos de l'ignorance vous engloutir à jamais, et le remords de m'avoir renvoyé vous dévorer le cœur comme le vautour de Prométhée.

FOUILLARDIN, *à Savantinus.*

Moi, je vous souhaite de rester tel que vous êtes, vous serez toujours à plaindre. *Il lui montre la porte.* Allons, sortez, homme de bien, votre farce est jouée. *Il le pousse dehors. A sa femme.* Maintenant, je vais, s'il se peut, racheter mes fautes passées en accomplissant votre vœu le plus cher, Madame ma femme, je consens au mariage de mon fils avec sa cousine, et ce mariage se fera dès aujourd'hui. Vous voyez, il est toujours temps de se repentir.

Mᵐᵉ FOUILLARDIN.

Grâce à nous.
Mathurin, qui n'est point sorti. s'avance, toujours habillé
en Romain, donnant le bras à Catherine.

MATHURIN.

Et vot' Romain, m'sieu Fouillardin, l'oubliez-vous? J'devons nous marier avec Catherine, mais si not' maître y consent.

FOUILLARDIN.

Certainement, mon garçon, marie-toi tant que tu voudras. Je te donne en dot tous les habits antiques que tu trouveras.

MATHURIN.

Merci, not' maître, Catherine en fera des sarreaux pour nos mioches.

FOUILLARDIN, *prenant Emilie et Charles par la main.*

Enfants, je vous unis, mais que tout ce qui vient de se passer vous serve de leçon. Souvenez-vous que la race des Savantinus-Aliboron est nombreuse et qu'elle fait des dupes tous les jours. *Il s'adresse aux spectateurs.*

Messieurs, vous pardonnez aussi
Un moment de grande folie ;
Savantinus avait ici
D'anciens ensorcelé ma vie.
Calmez un peu mon noir chagrin
Par quelque bruit consolatoire:
L'ex-antiquaire Fouillardin
Aura, quand même, eu de la gloire.

FIN.

Arthur DANDAME.

www.ingramcontent.com/pod-product-compliance
Ingram Content Group UK Ltd.
Pitfield, Milton Keynes, MK11 3LW, UK
UKHW021648090726
13657UKWH00004B/1825